글벗시선161 최성자 첫 번째 시집

아직도 못다 한 사랑

최성자 지음

도서출판 글벗

시집을 출간하며

글쓰기가 좋아 학창시절 내내 문예부에서 활동을 했다. 작가가 되고 싶었는데 부모님이 반대를 했고, 나는 국문학과나 문예창작학과를 가야만 작가가 되는 줄 알고 글쓰기를 포기했었다. 그럼에도 글은 항상 마음에 있었고 나이 오십이 되면 글쓰기를 다시 시작하고 싶다는 막연한 생각을 했다. 특히 시는 어렵다는 생각에 엄두를 못 내던 터라 시인이 부럽기만 했다.

'누구나 사랑하는 사람을 잃는단다. 그러고 나서야 그 사람의 소중함을 깨닫지.'
이 말은 영화 『벤자민 버튼의 시간은 거꾸로 간다』에 나오는 대사의 일부이다. 어떤 형태로든 사랑하는 사람을 잃는 것은 우리가 살면서 흔하게 보고 겪는 일일 것이다. 연인과의 헤어짐도 잃는 것이고 죽음으로 인한 이별도 그럴 것이다.

부모님은 영원히 나를 받쳐주고 함께 하는 줄 안 철부지. 생과 사를 넘나들만큼 아파서 속을 썩여 드렸고 자식을 낳아 한참 키우다 보니 부모님께 효도해야겠다는 생각이 조금 고개 들 때 아버지께서 돌아가셨다.

이리 보아도 저리 보아도 나는 불효자다.
병원에서 '춥다'는 말을 하자마자 침대에서 벌떡 일어나 허둥지둥 환자복 윗옷을 벗어 내 어깨에 얹어 주시던 아버지의 행동은 평생 연약한 딸에 대한 무조건 반사였다. 아버지는 환자였고 나는 보호자였다.

혼자되신 어머니의 밥상이 너무 단출하다. 생전에 아버지와 먹어 보지 않은 것에 대해 거부를 하신다. 의리일까 미안함일까 사랑일까. 어머니마저 보내드릴 수 없어 자식들은 애가 탄다

오십 중반에 도달하니 시가 간절히 쓰고 싶다. 인생을 조금은 알 것 같고 사랑하는 사람이 채워 주었던 빈자리에 대한 그리움이 사무친다. 그러니 어머니의 마음은 어떠실까. 자꾸만 몸이 작아지시는 이유가 있다.
나의 시는 아버지를, 어머니를 노래한다.
내 첫 시집은 또 이렇게 부모님이 낳아 주신다.

2022년 1월

차 례

제2부 아직도 못다 한 사랑

제3부 탄금대 소나타

제4부 내 마음의 풍경

제5부 아버지와 국화

제1부

어머니와 나

모녀

오늘도 딱 맞았다
어제부터 뼈마디도 아프고 몸이 무거웠다
지금 밖에는 비가 부슬부슬 내린다
엄마가 그랬다
비만 오면 온몸이 욱신거린다고
널 낳은 달은 허리가 끊어질 듯 아프다고

엄마는 세 남매를 낳고
나는 딸 둘을 낳았다
봄 여름 가을 겨울비는 내리고
모녀는 오늘도
건강 잘 챙기자는 긴 통화를
치익 밥솥 알람이 끊게 한다

나이 듦

서로의 존재 뚜렷이 모를
젊은 시절이 철없이 가고

고마워 감사해 스스럼없이
툭툭 나오는 날들

엉터리같이 달려왔다 해도
감 익어가듯 물렁한 너그러움

고즈넉한 저녁나절
노을 기대어 노부부 언덕에 앉는다

꽃잔디(1)

어쩌면
불평 하나 없이
낮게 내려앉은 초라함도 없이
편안히 자리 잡은 너

너의 마음
아무도 모르지
키 작아도 허리 굽어도
다가설 수 있게 하는 네 마음

화려한
웃음만이 예쁜 건 아냐
말없이 웃는 네게
고운 눈길 자꾸 가네

꽃잔디 (2)

처음 본 날
너무 작고 예쁜 네가
자꾸 눈에 들어왔어

어쩌면 널
계속 찾게 될지도 몰라
내 맘 훔친 벌이야

멈칫

폐지 가득 담긴 할머니의 리어카
밀어드릴까 하다가 멈칫

우는 아기 달래느라 힘든 아기엄마
아기 받아줄까 하다가 멈칫

나이 들어 여기저기 아프다는 옆집 할머니
쌍화탕 한 병 드리고 싶은데 멈칫

옛날엔 서슴없던 일들이
실수 될까 멈칫만 하다 마네

환자복

얼룩무늬에 하얀 환자복끼리
병원 벤치에 모여 담소를 나눈다

오늘 처음 보는 환자복이 끼어들어도
부끄러움 없이 속 다 내보이며 이야기 나눈다

환자복들은 병원 의사들보다 아는 게 더 많다
통증 사라질 시기도 퇴원 일도 간호 방법도 다 안다

병원 환자복은 단숨에
친구로 동지로 이웃을 만든다

축제

흙 일구어 놓은 앞마당
오이 토마토 상추 치커리
나란히 두 줄로 서서
팔순 노모 손길 대기한다

마당 수돗가에
찬물로 꼼꼼히 목욕시켜
어느새 자식들 불러 모아
가지런히 내놓아 축제 연다

그 사랑

무슨 생각에 잠기셨을까
수술 후 섬망 증세 아버지

스치듯 춥다는 말 주워듣고
윗옷 덥석 벗어 어깨에 얹어 주시던

무심결이었을지 몰라
애물단지 딸 챙기던 버릇

그 손길 그 눈길 사무쳐
노을까지 빨갛게 코끝에 내려앉네

탄생

배냇저고리 손 싸개
준비는 쉽게 해놓고
정작 부모 될 준비 덜 된 사이
반갑다고 목청 높여 인사하더라

포근한 솜이불
자궁만큼 아늑한지 모르겠으나
두 손 꼭 쥐고 잠든 아기
뗄 수 없는 눈길에 미역국이 식는다

중앙탑

남편과 나는 사연이 많아요
사연 끌어안고
중앙탑 돌다 강변에 앉아요
산바람 강바람에 취해
중앙탑 가까운 곳에 살림집을
마련했지요

남편과 나는 자식이 둘이에요
아이들 이야기로
중앙탑 돌다 강가에 앉아요
강바람 산바람에 취해
중앙탑 돌며 평생 살자고
약속을 해요

여름

시원한 향수로
위장하고
뜨거운 거리로 나선다

축 늘어진 나뭇잎
꽃잎도 고개 숙이고
원피스 자락 부채질도
여름 낮 고요를 깨우지 못하네

친구

공부하라고
못 만나게 한 친구

직장생활에
바빠서 못 만난 친구

아이들 키우느라
맘껏 못 만난 친구

한가한 나이 되니
코로나19가 더 지독한 간섭을 하네

새똥

안 오면 궁금하고
오면 시끄러운

전깃줄에 앉아
옆집 아이들과 옥신각신

한바탕 재잘대고
그것도 모자라 자동차 위에 흔적까지

어머니와 나

다섯 살 때
부뚜막 모서리에 부딪혀 이마가 찢어졌다
안 집 아주머니가 우는 소리에 달려와
엄마의 화장 손수건으로 피를 닦으려 했다
나는 그건 엄마 화장 손수건이라고 닦지 말라며
더 크게 울었다

열세 살 때
다리 수술하고 입원해 있을 때 옆에 환자가 먹던 귤을
너무 먹고 싶어 하는 걸 알고 엄마가 사 왔다
몇 알 안 되는 귤을 아끼고 아끼며 먹었다
엄마는 시어서 싫다며 침만 삼키셨다

스물여덟 살
남자친구를 데려갔는데 엄마가 걱정을 많이 하셨다
그럼에도 내 맘대로 더 신나게 사귀었다
신여성 엄마는 결혼보다
멋진 네 인생을 살아도 된다고 했는데
나는 왜 그렇게 결혼하고 싶었는지 모른다

엄마는 올해 여든넷

일어설 때마다 앉았다 일어나는 걸
두 번 정도 반복해야 일어나신다
그리고 내가 철 따라 잘 먹는 음식을
하나도 안 잊고 전화로 묻는다
열무김치 먹고 싶지? 무말랭이 묻혀줄까?
고구마 한 짝 사났다 가져가라
'엄마 힘든데 제발 아무것도 하지 마세요'하고 싶지만
'엄마가 최고!'라고 한다

바람 소리

봄바람
겨우내 우뚝 견딘 나무들 모여
숨어 잠든 꽃망울
깨우는 실랑이 소리로

여름 바람은
처얼썩 파도 끝에 매달린
하얀 그리움을 갈래갈래 흩뿌려
가슴 부서지는 소리

가을바람 소리는
떨어진 나뭇잎 메말라 부서질까
눈물 떨구어내 스며지는
서러움에 젖는 소리로

바람까지 얼어붙은
차가운 겨울바람은
자식 위한 어미 기도 소리에
숨죽인 보름달에 눈 녹는 소리

오래된 질문

희로애락 구구절절
찰나에 답을 찾고
남녀노소 각양각색
주인공 자처하네

사람 사는 오래된 곳
세상만사 길을 묻고
인체 신비 알 길 없어
여기저기 질문하네

비

소리도 없이 고요하게 내린
소유가 강한 너는
발 묶고 눈만 놓아 준다

때때로 소리치며 뛰쳐나가
온몸으로 받아 적셔내도
끝없이 나를 잠재우며 지배한다

그렇게 너는 나를 이긴다
나는 그렇게 너를 알아가며
결국 너에게 스며들어 고요해진다

시어머니

올해 들어 처음 뵈러 간다
코로나 무섭다 너희나 잘 지내라 해서
은근히 구정도 어버이날도 핑계가 좋았다

어제 건강 안부 여쭈고자 드린 전화에
너희나 챙기라면서 아주 작은 소리로
'손녀들이 너무 보고 싶구나' 하신다

'꿈인지 생시인지
손녀들이 너무 보고 싶구나'
그 말이 밤새 귓가에서 맴맴 돌다 깨었다

시장 가서 햇감자 한 박스를 사고
고기 사고 과일 사고 마스크 단단히 쓰고
보고 싶다는 손녀 대신 시어머니께 간다

아버지

노르스름한 액체 방울
긴 줄 타고 천천히
몸속으로 들어간다

눈 맞출 틈도 없이
고통을 잠식시키고
잠으로 시간을 채운다

그나마 편안히 두 손 잡는 시간
살짝 만의 움직임 간절했건만
생전 처음 온몸 맡기신 당신

뭐가 좋다고 간호사에게
주사약 잘 들어가는지 물었을까?
마지막 인사도 못 나누고 바보처럼

아버지와 자두

조그만 앞마당 주렁주렁 자두
임신한 올케언니
바쁘게 따 먹었지

평생 약한 딸 가슴에 품고
정성 들여 먹이더니
자두는 임신한 올케언니 먼저

친정 첫 조카 이야기는
자두로 시작해 아버지로 끝난다
올해도 그리운 아버지와 그 자두 맛

아침

밤새 힘들었다
문이란 문 다 닫고
열심히 지켜 낸 어둠

새벽녘 비집고
들어오는 밝은 빛들이
은근히 나를 엿본다

밤새 지친 모습
꽃단장할 시간 없이
고스란히 드러나는 순간

이상한 남편

마음 약한 그 남자는
이상하게 고집이 세요

보글보글 찌개 끓여 놓으면
이상하게 김부터 잡아요

아침에 마당 청소 부탁하면
길냥이들과 사랑만 나누다 출근해요

아마도 이따 퇴근하면
또 이상한 거 사 들고 올 거예요

제2부
아직도 못다 한 사랑

이상한 아내

아내는 아름답다고 하면
이상하게 '칫'하며 비웃습니다

일 년 용돈 모아 산 생일선물
이상하게 의심하는 눈빛을 합니다

저녁에 둘이 근사한 외식 하자고 하면
애들 다 오면 그때나 하자고 합니다

아내는 참 영리하고 착한데
이상하게 이럴 땐 바보 같습니다

김밥

달리는 기차는 넓은 들녘이 고되다
병원 찾아가는 슬픈 전라도 길이 너무 길다

신문지에 돌돌 만 메마른 김밥
맛도 모를 창피한 기차 안 점심

어머니는 속도 모르고 많이 먹으라는데
앞사람 사이다는 내 마음을 쏘듯 뚫어본다

아픈 여식 생각에 어머니는 주변이 없다
어머니는 손이 거칠고 여식은 마음이 거칠었다

이제야 끄집어 내어보는 오래된 기억
참기름 듬뿍 윤나는 김밥 사이로 모녀가 웃는다

인연

무슨 일이 있었던 걸까
전생에

어떤 마음이었을까
첫 순간

허물까지 사랑하게 된
두 사람

기다림

누군가를 기다린다는 것은
설렘의 아이스크림 맛
얼었던 마음 조금씩 녹이는 달콤한 시간

누군가를 기다린다는 것은
우등생이 될 수 있는 시간
마음을 다해 집중하는 단 하나의 과제물

누군가를 기다린다는 것은
수많은 사연 만들어 내는 작업실에 앉아
작곡가가 되는 일

잃어버린 시간을 찾아서

잃 어 버 린 시 간 은 다 시 찾 을 수 없 었 다

사랑을 찾습니다

절망 속에
말없이 눈으로
힘을 보태주던

매일 아침
흰 가운들 몰려오는
대학병원 풍경

그 무리 중
힘없는 발등 살포시 만진
그분을 찾습니다

발걸음

터벅터벅
살아온 날
한 번에 들리네

우리 집

툭툭 집 안 어디선가
빗방울 떨어지는 소리

올해는 꼭 해야지
미루던 집 단장

여기저기 꿰맨 자국들
이십 년이 넘어가는 흔적

손전등 들고 천정에 올라간
당신의 든든한 발걸음 소리

산소 가는 길

시간 나면 드라이브
두 분 묻힐 땅 찾는다

집안 선산보다는
조그만 내 동산 갖고 싶다

미리 준비해 손보시더니
아버지 먼저 편히 누우셨다

옆자리 어머니 기다리시겠지만
자식들이 늦게 보내 드리기로 했다

가족 소풍 좋아하시니
아버지 산소로 소풍 가는 길

뉴스

죽음
매일 들려도
매번 놀란다

사건
사람 찌르고
감금 다반사

정치
여당 수 싸움
야당 기 싸움

경제
집값 뜬구름
세금 올리기

나는
매일 일하고
밤낮 시 쓰지

아직도 못다 한 사랑

십사 년 전 칠순 잔치
비디오가 살아 있습니다
온 가족 고운 한복 입고
동갑 부모님 업어드렸습니다

구 남매 막내 아버지
대학생 때 어머니랑 꽃반지로
결혼하고 군대 가셨습니다
휴가 때마다 오빠 둘은 만들어졌답니다

아궁이 불 때는 시골 살림집을 떠나
공무원 된 아버지 따라 전국 유랑 길
동창생 없는 오빠 둘은 외롭습니다
그래도 결혼식 날 갈비탕이 부족했답니다

아버지 낮에 난 호랑이
어머니 밤에 난 호랑이
호랑이가 다투는 날은 대단합니다
결과는 밤에 난 호랑이가 이기는 것 같습니다

퇴임식 날 훈장 가슴에 주렁 달고

옆자리 어머니는 붉은색으로 눈 화장한 듯
삼 남매 며느리 사위 손주들
자랑스럽게 세워 사진 찍었습니다

칠순 잔치 추억하며 팔 순 가까워지니
병원 삼 년 오락가락하시며
하루를 자식 찾는 시간으로 보내시다
어머니의 원망 받으셨습니다

집 가고 싶다는 아버지 말씀보다
병원 말 잘 듣는 겁 많은 가족들은 아버지를
병원 특실에서 보내드렸습니다
특실이 뭔 소용입니까

아버지, 고맙습니다. 그리고 죄송합니다
살아생전 헤아려 드리지 못한 것이 너무 많습니다
구십 세 넘은 분들 만날 땐 아버지의 십 년을
잃어버린 것 같아 원통합니다

아버지가 모르는 음식 예쁜 옷 거절하는
어머니만의 사랑 법은 지속될 것 같습니다
어머니는
아직도 못다 한 사랑 가슴으로 나누는 중입니다

가족사진

친정 거실 중앙
삼백육십오일
가족 집합 완료

새로운 집 단장에도
위치변경 절대 안 되는
굳건한 위치

부모님 복고풍 패션
삼 남매 침 바른 앞머리
타임캡슐

연예인보다
내 새끼들 젤 예쁘다는
가족사진 지키는 어머니의 미소

사부곡

당신의 향기는 독특합니다
눈에 보이기 때문입니다
머리 어깨 가슴 손발 어디나

한밤중 뚱뚱한 달이 당신의 등에
야속하게 앉아 있던 날
흰 등허리를 어루만지고 싶었습니다

발바닥 굳은살로 거칠어진 구두
신발장 그 빈자리가 포근한 향기가
크게 한눈에 보입니다

날마다 꽃밭에서 벌 나비 벗 삼아
정원 가득 만발하게 해놓고
천국 꽃밭 찾아 향기만 남기고 가셨습니까

출산 일기

푸른 구렁이
고구마 한 광주리
예쁜 딸들의 태몽

의사는 딸이라고
친정아버지는 아들이라고
남편은 다 좋다고

산모 건강 아기 건강
친정어머니의 기도
시어머니의 찬송가 소리

낮

낮을 기다려야 하는
밤은 지루하다

밤은 모두 인사하고 떠난
잃어버린 시간이 된다

전략가들은 말한다
역사는 밤에 일어난다고

밤은 음모가 많다
어둠 속의 역사는 밝지 않다

나의 밤은 낮을 위한
기도의 시간으로 채운다

낮은 오로지 너를 위한
온몸으로 나를 드리는 시간

맑은 영혼의 눈동자를 가진 너
환한 대낮에만 나를 바치고 싶다

사진

살아있는 물증
삐딱하게 모자 쓰고
다리 꼰 남자

어머나
담배도 보이네
담배는 안 폈다고 하더니

공부만 했단 그 남자
기타 메고 놀러 다닌
장면만 있군

아뿔싸
꽁꽁 숨겨둔 내 사진
어쩌다 그 남자 손에 있네

글벗님들께

글벗에 초대받아
손님 되던 날
살짝 쑥스러웠네

아직도 부끄럼에
손끝이 망설여
참다 누르는 자판기

하루에도 열댓 번
드나드는 글벗 밴드는
하루의 시작과 마무리

마음 뺏긴 글벗에
만지작대는 핸드폰이
점점 뜨거워지고 있네

출근길

아주 지척인
힘들지 않은
그럼에도

나의 열정과
가족을 위한 일
그럼에도

딸 온단 소식
너무 좋아
출근이 싫어진 날

카페에서

그녀는
배신당했다
그놈이 배신한 것 같다

평화롭던 카페는
총이 필요한
전쟁터가 됐다

그녀가
총 찾기 전
우린 커피를 들고나와야만 했다

애국심

- 6,25날 아침

오늘 아침
무척 뜨거워졌다
국가에 대한 애국심

오늘 아침
송송 눈물이 난다
나라 지켜준 목숨들

오늘 아침
쿵쿵 심장이 뛴다
사랑하는 대한민국

피아노

팔십 팔개 체위로
온몸 휘감는
애정 행각

희고 검은 너의 몸은
잉태할 때마다
소리를 낸다

모두가 잠든 시간
은밀하게 날 유혹한
뮤트 페달과의 숨죽인 사랑

어긋난 사랑

그러려고 그런 거 아닌데
당신 귀찮을까 봐
냉장고에 슈퍼를 옮겨놨다네

그러려고 그런 거 아닌데
당신 새 옷 사주려고
안 입는 옷 골라 버렸다네

그러려고 그런 거 아닌데
당신 힘들까 봐
어머님 오지 말라 했다네

제3부

탄금대 소나타

벌

벌들이
향수 맡고
내게 달려든다

다시는
달콤한 향수
뿌리지 않으리

한 마리도
겁나는데
떼로 날아드네

나는요
꽃이 되고픈
아쉬운 사람예요

벌에게
사과하니
한 방 쏘며 가버리네

앗 따가
이젠 사람 냄새
풍기며 살아야겠다

굴비

오동통 굴비
바싹 구워
접시 위에 네 마리
눕혀 놨다

전에는
한 마리씩
살짝 아쉬웠던
네 사람 입

이제는
부부만 남아
두 마리씩인데
젓가락이 안 가네

따가운
점심 햇살이
굴비만 더 태워
맛도 씁쓰름하네

앵두

친구 만난 갈비탕 집
마당 한 켠 탐스러운
앵두나무

빨강 빨강 빨강
구슬들 모여 앉아
잔뜩 유혹 하네

내 마음은 도둑이 되어
한 움큼 훔치고픈
앵두만 생각하고

사장님은 앵두 지키느라
손님 받을 생각 없고
마음만 서로 싱숭생숭

갈비탕이 비싼가
앵두가 비싼가
사장님도 홀린 게 분명해

춘자 씨 사랑해

그녀가 시집온 지 삼십사 년
호랑이 시부모 모시는 신혼
멋없어 나 같으면 안 만날 우리 오빠
그래도 셋이나 조카를 낳아줬지

유별난 내 부모 극진히 모셔주고
깍쟁이 시누이 수발까지 들어주고
가족들 거실 있을 때 혼자 주방 신세
그래도 언제나 웃는 얼굴이었지

중년 나이 들어 여유시간 생기더니
덜커덩 생각지 못한 병이 찾아와
겁 많은 그녀 매일 엉엉 울어댔지
가족 똘똘 뭉쳐 병 물리치기 작전 성공

그래도 아직은 조심해야 할 당신
어머니의 기도 기억하나요?
당신 없으면 못 산다고 했던 시어머니 기도
당신은 우리 집에 하나님 주신 가장 큰 선물

건널목

초록불
길을 건너라 합니다
저는 걸음이 느립니다
미안한데
시간을 더 주세요

초록불
길을 건너라 하는데
저는 걸음이 더딥니다
미안한데
부딪히지 말고 가주세요

초록불
길을 건너라 하는데
마음이 불편합니다
나에게는
빨간 불이나 매한가지 위험한 건널목

다육이 일지

생전 처음
아기 다육이
입양해와

작은 컵에
옮겨 앉히니
눈이 말똥

물 싫다 해
애가 타지만
잘도 크네

요상해라
먹는 것 없이
꽃도 피네

시골 풍경

밭에는 앞뒤 볼록
옥수수 배 내밀고
논에는 양쪽 볼록
개구리 볼 내밀고

작은 길 사이로
논두렁 밭두렁
개구리 떼창에
수염으로 귀 닫는 옥수수

앞마당 강아지
방아 찧는 토끼 지키느라
달 보고 짖어대니
옥수수 할아버지 밤잠 설친다

시소

한 사람 올라가면
한 사람 내려간다
시소 타는 부부

하나 되는 그 순간
균형감각 멋지네
시소 타는 부부

서로가 맞춰보려
오르락내리락
시소 타는 부부

아침 단상

생각이 먼저 눈떠
발가락 꼼지락거리며
하루 일정 적고 있다

옆 짝꿍은 아직 깊은 잠
함박미소까지 짓고
꿈에 좋은 일 있나

머리맡 알람시계
울어댈까 미리 누르고
옆 짝꿍 잔업 마무리 기다린다

칠월이 오면

아스팔트 지나는
맨발 고양이
신발 신기고픈 칠월

당신은 산언덕
나무 그늘 아래 누워
나그네 설움, 흥얼거리시나요

칠월이 오면
당신의 역사책을 온 가족이
한 달 내내 씁니다

살아생전 정 많던 당신
그날은 잡은 손 어찌 놓으셨을까
그리움으로 당신의 역사책 젖는 칠월

외도

그런 일 없을 거라고
마음 뺏기지 않을 거라고

나만 바라보는 당신
나도 이럴 줄 몰랐어요

은근히 눈치챈 당신
한눈파는 아내를 용서하려는지

그렇게 좋으냐고 물어봅니다
글벗 문우님들과의 한 눈 팔이

애호박

요리조리 자리 잡아
동글동글 익어가니

딱 좋다고 뚝딱 따다
오늘 저녁 호박파티

심심하니 호박 무침
달큰 하니 호박 찌개

장마

푸른 하늘 덮은
먹구름 떼는
소낙비 몰고 와
온 천지 난리 치네

새들 둥지 찾아가고
길냥이들은 어디 갔나
여행 떠난 아버지는
연락도 안 되네

작년에도 올해도
장마철 싫어하시더니
얼마나 좋은 곳에 계시길래
오실 생각을 안 하네

감자전

채칼 감자 프라이팬
가지런히 준비하고
쪼르륵 가족들
식탁에 앉힌다

감자가 오기까지
농사법 설명 듣고
기도하듯 감자전
기다리는 식구들

남편의 요리는
왜 그리 오래 걸리는지
애타게 기다리는
꿀맛 가득 감자전

탄금대 소나타

강바람 망망하여
소나무 벗 삼으니
오래된 가야금 소리
귀 기울여 듣노라

애 닳은 부하 사랑
열두 번 오르고도
남한강 몸 던진 의리
신립 장군 서글퍼

흙바람 일으키며
무술로 날아오른
조선의 임경업 장군
어린 시절 놀이터

남한강 강물 타고
솔 향기 풍겨나니
후손들 충정의 맘
모여드는 탄금대

설렘

자동차 문 닫는 소리
계단 오르는 소리
벌써 설렘

딕딕딕 띠익띠
현관 번호 누르는 소리
완전 설렘

그 남자 들어서면
정말 마음 설레는데
왜 입이 먼저 삐죽 나오는지

선배

나이 들면 아기 된다더니
먹는 것만이 아니네
사랑 욕심도 많아져
여기저기 사랑 원하네

나이 들면 소심해진다더니
마음만이 아니네
고집도 늘어가
자기 말만 맞다 하네

멋지게 나이 들어
진짜 어른 된다고 하더니만
후배들 불러 모아
소꿉놀이 하자시네

빗속의 여인

빗속을 걸어갑니다
우산은 버려둔 채
비를 맞습니다

비는 그대가 되어
잃어버린 시간을
돌려 놉니다

겹겹 묻혀 있던
조각난 기억들이
비에 젖어 드러납니다

쏟아지는 그리움에
눈물인지 빗물인지
온몸 젖어가는 빗속의 여인

까막눈

음식 주문 법 몰라
서성대는 노부부
글자는 읽었구만
기계 사용 겁난다 하시네

창피고 뭐고
날더러 주문하라신다
찬찬히 주문해 드리고
내 음식 대신 부탁드렸다

과제 검사한 듯
잘했다 칭찬 드리니
이젠 진짜
까막눈 신세라고 한탄하신다

시인의 사회

죽었는가
시인들이여

무엇을 위해
시를 쓰는가

저항도 없다
사랑도 없다

나는 시인이
아니다

선물

시인은 노래한다

수많은 꽃잎에도 하나하나의 사연을
이름 모를 풀들의 세계를
씨앗의 탄생부터 열매 맺기까지를

시인은 사랑한다

뜨거운 태양을
어머니 같은 대지를
거대한 자연의 숨소리를

오늘 시인은 사랑의 노래를 불렀다

가르침과 배움까지 든 선물이다
시를 쓰고픈 이유를
또 찾았다

내 식대로의 이별법

기다리다
'칫' 하고
돌아섰다

진짜 끝이야

제4부

내 마음의 풍경

그대 있음에

꽃반지 만들어
슬며시 내밀며
사랑해 고마워

아플 때 곁에서
두 손 꼭 잡으며
사랑해 미안해

그대가 있음에
지금의 날들이
만들어졌다오

옆집 할머니

골목에서 아이들과
함께 놀아 주셨어요

며느리 공부한다고
손녀 키우신 옆집 할머니

우리 아이가 말해요
할머니가 골목 안 나와요

편찮으셔서 외부 출입
이젠 못 하신대요

몇 년째 투병 중이신데
오가며 옆집을 위해 기도해요

목소리

눈물 끈
이마에 두르고
침을 쏟아낸다

목 핏대
터질까 염려에
이명 되는 소리

비애의
저울판이 많이
기울어져 있다

그들은
우리도 살자고
애원하는 거다

내 마음의 풍경

뽀오얀 그리움
저미는 가슴팍
노오란 옛 추억
설레는 기억들

푸르른 청춘아
묵혀둔 소식들
태양빛 받으며
빛났던 어제여

소낙비

간다고 하시려나
머물러 계시려나

소낙비 쏟아지니
임 마음 들춰 본다

내리는 소낙비 핑계
임의 발목 잡고파

어머니

이제나 오실까나
저제나 오실까나

아버지 저녁 밥상
식을까 노심초사

대문 밖 서성거리는
어머니의 사랑가

한평생 기다림은
어머니 역할인가

이제는 집 떠나간
자식들 마중하네

얇아진 어머니 다리
쳐다보기 아깝네

이방인

까칠하게 분칠한
낯선 생각들로

촘촘하게 에워싸여
구경 당하네

혼자 나선 여행길
감금당한 자유

거기서 거기

일만 삼천 년 전
가축 사육화 이후
인간 진화 별로 없다니

잘났어도 못났어도
알고 보면 우리는
거기서 거기

참된 일 용기 있게
행하는 그들만이
앞선 발걸음일 것이다

저녁노을

하루 종일
뜨거웠던 해는
산그늘 찾아
내려앉고

불그스레
익은 구름도
새 단장 하려는지
물속으로 들어간다

저 끝자락에서
꽃 피는 하늘
너무 아름다워
가슴이 아프다

허풍쟁이 여행가

설명하기 힘들어
많아지는 말

지식이 모자라
표현하지 못하는 말

교양이 부족해
마구 난무하는 말

여행가는 위험해
혼자 본 게 많아서

덤 인생

영원한 이별의 홑이불
아슬하게 걷어내고
기울어진 하얀 벽에 기대고 앉았네

어렴풋이 산 길목에서
안녕 손짓하는 꿈엔
나를 두고 가는 이 있었네

아픔이 느껴지지 않는
어질한 시간은
단테의 지옥보다 힘들었지

오랜 날 속눈썹에 걸터앉은
물방울들 겸허하게 모이니
남은 인생사는 방법이 되었네

노인

비둘기 구구
아침 밝았네

잠귀 밝아
떠지는 눈

천근만근
입맛도 깔깔

구부렁 느릿하게
흘리는 밥풀

발버둥 강아지
끌어안고 씨름해

옥수수의 애향심

같은 맘 같은 생각
줄줄이 싹트더니
숨은 뜻 속사포에 싸
단단하게 자라네

사람과 다른 순서
검붉은 옥수수 옹
흰 수염 어린 옥수수
어색하지 않구나

불룩한 곤봉 들고
일렬로 차렷 자세
든든한 옥수수 부대
시골 동네 지키네

나른

일어나기조차
힘든 날

지나가는 이도 없어
세상이 조용해

지난 한 주
너무 힘들었어

지금 잠시만
멍하고 있을게

눈물

그리움 떠돌다가
눈가에 자리 잡네
혼자 한 이별의 인사
끈적하게 남기고

똬리 튼 기억들이
고개를 내밀 때면
견디다 못내 터지는
서러움이 흐른다

오십 대의 여심

하늘이 푸르르면
슬퍼져요
비 맞는 꽃잎들 애처로워
마음 아프지요

쓸쓸한 초승달
하염없이 바라보다
떠나고 싶기도 해요

오래전 친구 연락에
봇물같은 기쁨이 넘치다가
어디선가 이별 노래 들려오면
울어 버리기 일쑤랍니다

조이에게

-가족으로 함께 살다 하늘나라 간 우리 야옹이에게-

꽃 편지 내밀면서
얼굴이 붉어진다
작은 손 길게 쓴 마음
사랑했던 얼룩들

사계절 몇 번짼가
잘 가란 인사한 지
무지개 피어오르면
너의 안부 묻는다

밤

별들도 피곤한지
까맣게 잠들은 밤
가로등 긴 목 내밀며
친절하게 서 있네

민트 빛 사무실이
눈앞에 아른대며
주말을 함께 하고도
칭얼대며 조르네

모두가 잠든 시간
가던 길 멈추고서
잠시만 쉬어 가라고
이불 펴는 밤안개

그대

봄바람 불던 그 날
싱그런 미소 날려
내 마음 흔들어 놓고
흔들은 건 나래요

예쁜 꽃 바라보며
사진기 들이대고
꽃보다 못생긴 여인
초점 맞춰 찍지요

딸내미들 사춘기적
때때로 어리둥절
잘 때까지 심부름 대기
중재 역할 청일점

그대를 쓰다듬는
신선한 아침 바람
그 한 몸 누굴 위하여
태어나준 걸까요

밥상

숟가락 사랑 뜨고
젓가락 정 나눈다
고기는 딸들 앞으로
우리 부부 겉절이

아이들 마다하고
고기 찬 우리 앞에
오십대 단백질 보충
부모 먼저 챙기네

사랑 밥 배려 반찬
우리 집 밥상 교육
일찍이 함께 나누니
화목 열매 맺히네

대서

온몸으로 이글대며
비 오는 날 구질하다
비웃고는
한 점 바람까지
내몰았구나

함부로 가까이 하지 마라
마당 한가운데
벌거벗고
드러누운 양기 왕성한
천중가절 칠월의 절기

꽃과 벌

함초롬히 틀어 앉아
속눈썹 길게 내리뜨고
첫 순정 기다리네

애간장에 시들시들
품은 정 옹골찬데
어쩌나 평생 떠돌 임

제5부

아버지와 국화

보수공사

아침잠 깨우는
지게차 아우성
낡은 동네 하수관
파헤치는 날

몇십 년 고마웠지
욕할 건 아닌데
웅성웅성 혀 차며
장례 치른다

무릎팍 수술은 잘 된 겨?
이제 잘 돌아댕기네
노인정 고스톱 멤버
하수관 참견하러 모였다

툭하면 고스톱 짝이 안 맞는댜
코로나도 코로나지만
돌아가며 보수공사
짝 맞추기 성가시겠구나

배 불뚝 여름

열무김치에 고추장
침 고이는 꿀맛
후식으로 분홍 복숭아

호박잎 된장 묻혀
손 바쁘게 쏙쏙
입가심은 참외 세 쪽

여름 몸보신 삼계탕
땀나게 씨름하고
시원하게 수박 두 쪽

아침 새 옥수수 한 통
점심 새 모락모락 찐 감자
오며 가며 자두와의 갈등

노인 애상哀想

새벽녘
해 뜨는 소리

커지는 귀
좁아진 어깨

신음 내는
이불속 몸뚱이

한 움큼 쥔 알약
밥 한술은 위 보호용

매미

하다 만 부부싸움
성난 숫매미
동네에 나팔 부네

초여름 세모배 매미
이제 겨우 달렸구만
참매미 쉽지 않네

목마른 이 더위에
지쳐 숨넘어갈라
물이라도 먹일까

고마운 바람

밭에 가시는 어머니
샛바람이 맞아주네
맘씨 좋은 산들바람
한낮 젖은 이마 식혀주네

밭일 얼추 끝내고
색바람 불어오면
솔 향기 솔솔 나는
솔바람 따라 소풍 가요

개미

긴 한 줄로
변함없는
발걸음

이미 얇아진
가는 허리
조일 것도 없네

세월 잊은 채
하늘도 등지고
앞만 보고 가네

월광

달빛 밝아
숨어 우는
가난한 연인들

서러운 사연
호숫가에 뿌리니
물결 일렁이네

달빛도 슬퍼
노르스름하게 덧칠하고
물속만 비추네

그리움

점으로 시작되어
하나씩 나타나는
형상

눈 코 입
얼굴 다음에
다정했던 마음까지

복받쳐 올라
고개 떨구니
잡아주는 두툼하던 손

열대야

낮 동안 품어대던
뜨거운 열기들이
밤사이 남겨진 것들
확인하듯 토한다

등줄에 매달리는
잔열들 위세 떠니
태양도 돌아갔건만
하수인들 설치네

지독한 붉은 기세
언제쯤 꺾이려나
한여름 밤잠 설치는
어르신들 불 켜네

사랑비

창문 밖
전깃줄에 매달린
선물 방울들
아침 샛바람
신선하리

밤사이
뿌려 놓은 하늘 땀
오묘한 사랑
새들 몰려와
발 담그네

한여름 천둥

보고파 견우직녀
일 년에 단 한 번인
그날을 기다리다

짧디짧은 여름 한밤
헤어짐이 서러워
울부짖는 소리

만개

봉오리 터지는 날
벌 나비 기뻐하네
그녀는 잉태하는 중
수줍음도 모르네

꽃

보세요 인사하니
사람들 활짝 웃네
바람이 흩뿌린 소문
향기만이 아니네

쌍둥이 옹기종기
오롯이 보기 좋아
어미 꽃 나비가 되어
다독다독 챙기네

편지

보랏빛 꽃을 그린
그대의 편지글에
사랑은 영원하다며
손도장을 찍었네

노란색 나비 그린
그녀의 편지글에
사랑은 아픈 거리며
눈물 도장 찍었네

밀회의 요청

- 라흐마니노프 피아노 협주곡 2번을 연주하며

황홀한 달콤 손길
마법에 홀린 듯이
하얗게 놀아나는 밤
노래하라 사랑아

잔잔한 슬픔의 강
적막히 흐르는데
흔적은 지워졌어도
뜨거움은 남았네

한 번 더 감미롭게
속삭임 들려주오
아직은 끝나지 않은
그대와의 연주곡

아버지와 국화

황금빛 누른 물결
숨 고른 한 올 손길
당신의 숭고한 날들
향기 나게 피었지

한평생 절제된 삶
아버지 가시던 길
하얀색 대국 꽃다발
한 아름 뿌려 드렸네

서릿발 오상고절
당신을 추억하며
지난해 담근 국화주
한가윗날 따르리

경포대

푸른 밤 깊은 사연
저마다 토해낸다
먼발치 아른거리는
불빛 매단 통통배

사연들 가득 담아
바다에 뿌려주니
새 아침 희망의 태양
둥그러니 솟는다

수술

하얀 방 투명 액체
요란한 매스 종류
들이키는 짧은 숨에
잠들었다 깨어난다

이 몸은 누구일까
맘대로 되지 않네
간호사 웃는 얼굴이
낯설어진 병실 안

숲속 풍경

고요한 속삭임들
바람이 쉬고 있다
햇살이 비집고 오면
환영하는 휘파람

다람쥐 나무 올라
심심케 혼자 노니
호로록 새들 날아와
숨바꼭질 놀이터

꽃들이 수놓아준
숲속 길 가장자리
쉼 없이 바쁘디바쁜
정리 대장 개미들

고백

저. 는.
저. 기. 한.
사. 람. 입. 니. 다.

청옥산 육백 마지기

하늘 곁 바람개비
쌔액 쌕 빙빙 돌고
데이지 자잘하게
청옥산 덮었으니
한눈 담기 힘드네

찾는 이 별로 없고
봉우리 평평하니
거인이 누웠었나
신기한 형상일세
높이는 천 이백 넘어
귀가 멍멍하구나

코앞에 구름 놓고
눈앞에 펼쳐진 산
지구는 둥근 걸까
저 끝이 끝 같은데
구름이 떼거지로 와
텃새부린 청옥산

가을맞이

차곰한 바람 냄새
창가에 풍겨오네
임 오실 황금 들판 길
마중하러 나설까

새들이 지저귀며
풀벌레 뛰어놀고
꽃잎은 우수수 춤춰
축제 무대 만드네

농부님 사랑 고백
풍년이 화답하니
갈바람 실어 나르는
나뭇잎만 바쁘네

진솔한 사랑이 빚은 세 가지 행복

– 최성자 시집 『아직도 못다 한 사랑』

최 봉 희(시조시인, 평론가, 글벗 편집주간)

내가 사는 오늘은 어떤 모습일까? 내 인생의 하루하루 누군가를 진심으로 사랑했던 그 순간은 또한 어떤 모습이었을까?

『사랑 세상에서 가장 위대한』의 저자 헨리 드러몬드는 이렇게 말한다.

"인생을 되돌아보았을 때, 제대로 살았다고 생각되는 순간은 오직 사랑하는 마음으로 살았던 순간뿐이다."

노르스름한 액체 방울
긴 줄 타고 천천히
몸속으로 들어간다

눈 맞출 틈도 없이
고통을 잠식시키고
잠으로 시간을 채운다

그나마 편안히 두 손 잡는 시간
살짝 만의 움직임 간절했건만
생전 처음 온몸 맡기신 당신

뭐가 좋다고 간호사에게
주사약 잘 들어가는지 물었을까?
마지막 인사도 못 나누고 바보처럼
- 시 「아버지」 전문

시란 표현하는 사람과 읽는 사람이 다르다. 그러므로 그 모든 다양성과 그 글의 향기가 다름을 인정해야 한다. 그래도 시에는 불끈 치솟는 그리움 같은 것이 하나 있으면 족하다. 무릎을 치는 순간의 깨달음 같은 것이 있으면 더더욱 좋다. 시인은 아직도 못다 한 사랑이 너무 많은 모양이다.

최성자 시집 『아직도 못다 한 사랑』에 실려 있는 모든 이야기는 어딘가 몽글몽글하기도 하고 또 뭉클하다. 그런 감정들이 자꾸만 솟아난다. 아마도 진솔한 시이기 때문이리라.

무슨 생각에 잠기셨을까
수술 후 섬망 증세 아버지

스치듯 춥다는 말 주워듣고
윗옷 덥석 벗어 어깨에 얹어 주시던

무심결이었을지 몰라
애물단지 딸 챙기던 버릇

그 손길 그 눈길 사무쳐
노을까지 빨갛게 코끝에 내려앉네
– 시 「그 사랑」 전문

병원에서 춥다는 말에 딸에게 윗옷 덥석 벗어 주시는 아버지의 사랑, 시인은 이를 "노을까지 빨갛게 코끝에 내려앉네."라고 표현한다. 얼마나 멋진 표현인가.

시가 비장할 필요는 없다. 물론 지혜로운 이성과 깊은 통찰이 담겨 있다면 좋은 시가 될지 모른다. 하지만 그저 일상적인 삶을 담은 시가 참 좋고 편안하다. 그녀가 바라보기 이전까지는 그저 스쳐 지나가기만 했을 법한 존재가 모두 시가 된다. 그 시는 이야기가 되고 또 흐르는 사랑이 된다. 시인 최성자의 바라보기에서 가장 눈에 띄는 것은 그녀의 시선에서 흘러나오는 순수함과 따뜻함 그 자체이다. 통통 튀는 경쾌함, 맑고 깨끗한 감각, 이러한 특유의 순수함으로 톡톡 튕겨 나오는 시가 사뭇 정겹다.

조그만 앞마당 주렁주렁 자두
임신한 올케언니
바쁘게 따 먹었지

평생 약한 딸 가슴에 품고

정성 들여 먹이더니
자두는 임신한 올케언니 먼저

친정 첫 조카 이야기는
자두로 시작해 아버지로 끝난다
올해도 그리운 아버지와 그 자두 맛
- 시 「아버지와 자두」 전문

 아무도 궁금해하지 않는 삶에도 분명 소설이 있기 마련이
다. 시인 최성자는 아버지에 대한 그리움의 추억을 자두라
는 소재를 통해서 첫 조카와의 대화에서 아버지를 추억하
고 다시 그녀의 기억을 덧입힌다. 지나온 과거의 시간을
쭉 돌이켜보는 아버지에 대한 그리움과 사랑인 것이다.

시간 나면 드라이브
두 분 묻힐 땅 찾는다

집안 선산보다는
조그만 내 동산 갖고 싶다

미리 준비해 손보시더니
아버지 먼저 편히 누우셨다

옆자리 어머니 기다리시겠지만
자식들이 늦게 보내 드리기로 했다

가족 소풍 좋아하시니

아버지 산소로 소풍 가는 길
　- 시「산소 가는 길」전문

삶에서 넘치는 사랑과 행복, 그리고 소망만이 우리를 살게 하지 않는다. 이것들보다도 훨씬 무겁고 허무보다도 막막하기만 한 것들, 예를 들면, 죽음, 아픔, 이별 등 삶의 이상한 순간과 감정들이 바로 우리를 오래 살게 하는 힘이 아니겠는가. 그 살아감 속에서 우리는 모두 '연약하고 슬픈 존재'일 수밖에 없다. 사람들은 나약하고 현실에는 해결책이 없다. 그저 가족들이 좋아하는 가족 소풍만으로 아버지의 산소를 찾아가는 것이 전부다. 아마도 그 가족 소풍이 삶의 길을 찾는 것은 아닐까?

　그의 첫 번째 사랑은 아버지다. 아직도 그리움으로 못다한 사랑을 시로 표현하고 있다. 꾸밈이 없이 있는 그대로 순수한 시심이 돋보인다. 그것은 아버지에서 어머니, 그리고 남편에게, 그 사랑이 이어지고 적용되고 있다.

십사 년 전 칠순 잔치
비디오가 살아 있습니다
온 가족 고운 한복 입고
동갑 부모님 업어드렸습니다

구 남매 막내 아버지
대학생 때 어머니랑 꽃반지로
결혼하고 군대 가셨습니다

휴가 때마다 오빠 둘은 만들어졌답니다

아궁이 불 때는 시골 살림집을 떠나
공무원 된 아버지 따라 전국 유랑 길
동창생 없는 오빠 둘은 외롭습니다
그래도 결혼식 날 갈비탕이 부족했답니다

아버지 낮에 난 호랑이
어머니 밤에 난 호랑이
호랑이가 다투는 날은 대단합니다
결과는 밤에 난 호랑이가 이기는 것 같습니다

퇴임식 날 훈장 가슴에 주렁주렁 달고
옆자리 어머니는 붉은색으로 눈 화장한 듯
삼 남매 며느리 사위 손주들
자랑스럽게 세워 사진 찍었습니다

칠순 잔치 추억하며 팔순 가까워지니
병원 삼 년 오락가락하시며
하루를 자식 찾는 시간으로 보내시다
어머니의 원망 받으셨습니다

집 가고 싶다는 아버지 말씀보다
병원 말 잘 듣는 겁 많은 가족들은 아버지를
병원 특실에서 보내드렸습니다
특실이 뭔 소용입니까

아버지, 고맙습니다. 그리고 죄송합니다

살아생전 헤아려 드리지 못한 것이 너무 많습니다
구십 세 넘은 분들 만날 땐
아버지의 십 년을 잃어버린 것 같아 원통합니다

아버지가 모르는 음식, 예쁜 옷 거절하는
어머니만의 사랑법은 지속될 것 같습니다
어머니는 아직도 못다 한 사랑
가슴으로 나누는 중입니다
- 시 「아직도 못다 한 사랑」 전문

 아버지를 잃은 아픔, 어머니의 사랑법 앞에서 시인은 가
슴으로 시를 쓰고 글을 나누고 있다. 어쩌면 달리 설명할
길이 없는 이 살아감의 아픔, 시인의 외침은 우리는 살아
가야 한다는 의지, 마치 '나도 살아 있다'라는 선언과도 같
은 힘을 지닌다.
 시인은 일상의 순간들을 조곤조곤하게 담백한 언어로 풀
어낸다. 그리고 어느 순간에 운명의 힘처럼 신기하게도 그
일상의 언어들 사이에서 은근한 사랑이 표출된다. 마침내
글을 읽는 독자에게 더욱 커다란 모습으로 다가오는 우리
의 모습을 마주하게 된다. 그 힘이 우리를 존재케 하는 진
솔한 사랑인 것이다.

 다섯 살 때
 부뚜막 모서리에 부딪혀 이마가 찢어졌다
 안집 아주머니가 우는 소리에 달려와

엄마의 화장 손수건으로 피를 닦으려 했다
나는 그건 엄마 화장 손수건이라고 닦지 말라며
더 크게 울었다

열세 살 때
다리 수술하고 입원해 있을 때 옆에 환자가 먹던 귤을
너무 먹고 싶어 하는 걸 알고 엄마가 사 왔다
몇 알 안 되는 귤을 아끼고 아끼며 먹었다
엄마는 시큼해서 싫다며 침만 삼키셨다

스물여덟 살
남자친구를 데려갔는데 엄마가 걱정을 많이 하셨다
그럼에도 내 맘대로 더 신나게 사귀었다
신여성 엄마는 결혼보다는
멋진 네 인생을 살아도 된다고 했는데
나는 왜 그렇게 결혼하고 싶었는지 모른다

엄마는 올해 여든넷
일어설 때마다 앉았다 일어나는 걸
두 번 정도 반복해야 일어나신다
그리고 내가 철 따라 잘 먹는 음식을
하나도 안 잊고 전화로 묻는다
열무김치 먹고 싶지? 무말랭이 묻혀줄까?
고구마 한 짝 사놨다. 가져가라
'엄마 힘든데 제발 아무것도 하지 마세요'하고 싶지만
'엄마가 최고!'라고 한다
　　　- 시 「어머니와 나」 전문
최성자 시인에게 또 다른 사랑이 있다면 그것은 어머니에 대한 사랑이다. 다섯 살 때 부뚜막에 부딪혀 이마가 찢어졌던 기억 속에 등장한 어머니에 대한 사랑은 순박하고 착하다. 열세 살 때 비로소 어머니의 큰 사랑을 느낀 것이 아닌가 한다. 스물여덟의 나이에 결혼하고 싶은 삶, 그리고 여든넷의 어머니께 사랑받는 딸의 마음은 애틋하다. 그리고 그 엄마의 사랑을 '엄마가 최고'라고 외친다. 얼마나 담백하고 진솔한 표현인가. 코로나로 힘겹고 어려운 삶에서 사랑만이 최고가 아니겠는가.

올해 들어 처음 뵈러 간다
코로나 무섭다 너희나 잘 지내라 해서
은근히 구정도 어버이날도 핑계가 좋았다

어제 건강 안부 여쭈고자 드린 전화에
너희나 챙기라면서 아주 작은 소리로
'손녀들이 너무 보고 싶구나' 하신다

'꿈인지 생시인지
손녀들이 너무 보고 싶구나'
그 말이 밤새 귓가에서 맴맴 돌다 깨었다

시장 가서 햇감자 한 박스를 사고
고기 사고 과일 사고 마스크 단단히 쓰고
보고 싶다는 손녀 대신 시어머니께 간다
– 시 「시어머니」 전문
코로나19로 인해 가족이 만날 수 없는 상황에서 그리움은 얼마나 컸을까? '꿈인지 생시인지 손녀들이 보고싶구나.'라는 어머니의 말씀에 '보고 싶다는 손녀 대신 시어머니께 간다.'는 반어와 재치의 표현이 가슴을 울린다. 그가 아버지께 다하지 못한 사랑을 어머니께 다하고자 하는 것이다.

그의 시집 서문에 쓴 글이 가슴에 와닿는다.

혼자되신 어머니의 밥상이 너무 단촐하다. 생전에 아버지와 먹어 보지 않은 것에 대해 거부를 하신다. 의리일까 미안함일까 사랑일까. 어머니마저 보내드릴 수 없어 자식들은 애가 탄다
– 시집 「작가의 말」 중에서

어머니의 애틋한 사랑이 절절하다. 아버지를 잃고 홀로 되신 어머니에 대한 안타까움, 걱정이 앞서는 딸의 마음이 고스란히 전해온다. 그러면 어머니의 사랑은 어떤 사랑일까?

달리는 기차는 넓은 들녘이 고되다
병원 찾아가는 슬픈 전라도 길이 너무 길다

신문지에 돌돌 만 메마른 김밥
맛도 모를 창피한 기차 안 점심

어머니는 속도 모르고 많이 먹으라는데

앞사람 사이다는 내 마음을 쏘듯 뚫어본다

아픈 여식 생각에 어머니는 주변이 없다
어머니는 손이 거칠고 여식은 마음이 거칠었다

이제야 끄집어 내어보는 오래된 기억
참기름 듬뿍 윤나는 김밥 사이로 모녀가 웃는다
– 시 「김밥」 전문

먼 길을 기차다고 이동하면서 메마른 김밥을 나누는 모녀의 모습, 아픈 딸을 위해 챙기는 어머니의 사랑을 진솔하게 묘사한다. 더욱이 "어머니는 손이 거칠고, 여식은 마음이 거칠었다."는 대조의 표현이 가슴에 절절하게 와닿는다. 나중에 옛 추억을 떠올리는 모녀의 웃음도 그렇다. 그것이 진정 숭고한 사랑이 아니겠는가.

시인은 오십 중반에 도달해서 시가 간절히 쓰고 싶었다고 했다. 인생을 조금은 알 것 같은 나이에 사랑하는 사람이 채워 주었던 빈자리에 대한 그리움이 사무친 것이다. 지금 홀로 되신 어머니의 마음은 어떠실까? 어머니는 자꾸만 몸이 작아지신다고 시인은 말한다.

친정 거실 중앙
삼백육십오일
가족 집합 완료

새로운 집 단장에도
위치변경 절대 안 되는
굳건한 위치

부모님 복고풍 패션
삼 남매 침 바른 앞머리
타임캡슐

연예인보다
내 새끼들 젤 예쁘다는
가족사진 지키는 어머니의 미소
- 시 「가족 사진」 전문

가족을 지키는 어머니의 사랑과 미소, 시인의 시는 이렇
게 아버지를 그리움으로, 어머니를 사랑으로 끊임없이 노
래한다. 그래서 아직도 다하지 못한 사랑이다. 그래서 시인
은 그의 첫 시집은 바로 부모님이 낳아 주신 것이나 다름
없다고 했다.
최성자 시인은 사랑의 노래를 오늘도 계속해서 부른다.

시인은 노래한다

수많은 꽃임에도 하나하나의 사연을
이름 모를 풀들의 세계를
씨앗의 탄생부터 열매 맺기까지를

시인은 사랑한다

뜨거운 태양을
어머니 같은 대지를
거대한 자연의 숨소리를

오늘 시인은 사랑의 노래를 불렀다

가르침과 배움까지 든 선물이다
시를 쓰고픈 이유를
또 찾았다
– 시 「선물」 전문

시인의 사명은 사랑의 노래를 부르는 것이다. 시인은 누구에게나 강력한 글의 에너지가 있다. 응축된 씨앗이 하나씩 있는 것이다. 그 씨앗은 어딘가에 심지 않으면 그것은 작은 씨앗 한 알에 불과할 뿐이다. 하지만 심으면 그 씨앗은 생명으로 새로운 세계가 펼쳐진다. 아니 다른 사람의 행복의 씨앗이 될 수도 있는 것이다. 씨앗은 계속해서 성장하고 자신을 나눔으로 생명을 키워가는 것이다.

최성자 시인에게는 최성자 시인만이 지닌 씨앗이 있다. 그것은 사랑의 씨앗이다. 그것을 묻어야 할 곳을 찾아 제대로 묻고 있다. 그때부터 새로운 역사가 시작된다. 그 씨앗이 하나가 바로 첫 시집의 출간이 아닐까? 한 알의 씨앗은 그 사람의 인격이자 생명이다. 그 생명이 빛을 발해서 다른 사람에게 생명을 나눠주리라 생각한다.

이제나 오실까나

저제나 오실까나

아버지 저녁 밥상
식을까 노심초사

대문 밖 서성거리는
어머니의 사랑가

한평생 기다림은
어머니 역할인가

이제는 집 떠나간
자식들 마중하네

얇아진 어머니 다리
쳐다보기 아깝네
– 시조 「어머니」 전문

사랑이 아름다운 것은 '전부'와 '온전함'이라는 속성 때문이다. 어느 정도, 적당이라는 사랑은 없다. 사랑하면 어떤 순간이든 자신의 모든 것을 내어주는 것이 진리이다. 건네는 말 한마디, 한마디가 다 진실이다. 더불어 그가 쓰는 글은 모두가 시가 되고 생명이 되는 것이다.

사랑의 마음으로 꽃을 보면 이보다 더 아름다울 수가 없다. 사랑의 마음으로 세상을 대하면 용서할 수 있다. 불평할 필요가 없다.

사람은 연약하고 허물이 많은 존재다. 그러나 사랑이 들어가면 그렇지 않다. 강한 사랑은 안전하다. 사랑은 모든 것을 나눈다. 그래서 사랑하면 부족함이 없다. 바로 어머니의 사랑이 그렇다.

우리는 사랑의 진실을 잘 알고 있다. 사랑이 미움보다 낫다는 것을. 나눔이 욕심보다 좋다는 것을. 어떻게 해야 제대로 사랑하는 것인지, 그 진리를 시인은 잘 아는 듯하다.

그런데 우리 삶이 힘들고 갈등하는 이유는 무엇일까? 그 사랑을 삶에 적용하지 못하기 때문이리라. 사랑의 가치를 알고 있다면 어버이를, 그리고 남편을, 그리고 가족을 진심으로 사랑한다. 최성자 시인은 그 사랑의 진리를 어머니를 통해서, 그리고 아버지를 통해서 배운 것이다. 그 배움이 바로 시가 된 것이다.

행복에는 세 가지 행복이 있다. 첫째는 사랑하는 사람을 그리워하는 행복, 둘째는 서로 마주 보며 함께 살아가는 행복, 그리고 셋째로 끊임없이 자신을 줌으로써 얻는 행복도 있다. 최성자 시인은 이 세 가지의 기쁨을 알고 실천하는 시인이다. 가족과 사람 사이에 일어나는 이 세 가지 기쁨을 알 때 행복은 시작된다.

돌아가신 아버지를 그리워하는 딸로서의 행복, 서로 마주 보며 함께 살아가는 행복은 지금의 어머니와 남편일 것이다. 물론 끊임없이 주는 행복은 지금도 계속되고 있다.

남편과 나는 사연이 많아요
사연 끌어안고
중앙탑 돌다 강변에 앉아요

산바람 강바람에 취해
중앙탑 가까운 곳에 살림집을
마련했지요

남편과 나는 자식이 둘이에요
아이들 이야기로
중앙탑 돌다 강가에 앉아요
강바람 산바람에 취해
중앙탑 돌며 평생 살자고
약속을 해요
- 시 「중앙탑」 전문

우리들의 삶에는 사연들이 참 많다. 그러나 그 사연을 토로하는 일은 그리 쉬운 일이 아니다. 중앙탑을 돌다가 강변에 앉아서 사랑을 고백하고 살림집을 마련하고 자식을 둘을 낳은 이야기, 그리고 중앙탑에서의 하는 사랑의 약속, 그 가슴에 남은 이야기를 시로 적은 것이다. 가슴 한가운데에 쓰인 이야기는 절대 잊히지 않는다. 가슴에 남은 이야기만이 내 삶의 참된 것들이다. 그것을 끝까지 품고 사는 것이 우리가 해야 할 일이다.

마음 약한 그 남자는
이상하게 고집이 세요
보글보글 찌개 끓여 놓으면
이상하게 김부터 잡아요

아침에 마당 청소 부탁하면
길냥이들과 사랑만 나누다 출근해요

아마도 이따 퇴근하면
또 이상한 거 사 들고 올 거예요
– 시 「이상한 남편」 전문

시인은 반어와 역설적인 표현으로 남편의 사랑을 표현하고 있다. 그런데 그 사랑은 이상하게도 아름다운 이야기다. 우리는 삶 속에서 가슴에 남는 이야기를 만들어야 한다. 가슴에 남아 우리를 지탱해 줄 이야기가 참으로 많다. 시인은 함께 살아가는 행복, 나눔의 행복을 남편과 함께 누리고 있다. 훗날 되돌아볼 때 흐뭇해하며 웃을 수 있는 이야기를 만들고 있다. 그 행복은 내 가슴에 쓰인 다음, 타인의 가슴에도 그대로 쓰이게 마련이다.

시인은 섬김의 사랑을 실천하는 듯하다. 작은 섬김이라도 그 하나하나가 씨앗이 되어 싹이 트고 열매를 맺는 법이다. 우리는 이런 시인에게서 희망을 발견하게 된다. 그들을 보면서 나도 그렇게 살고 싶어지기 때문이다.

푸른 구렁이
고구마 한 광주리
예쁜 딸들의 태몽

의사는 딸이라고

친정아버지는 아들이라고
남편은 다 좋다고

산모 건강 아기 건강
친정어머니의 기도
시어머니의 찬송가 소리
– 시 「출산 일기」 전문

 하나의 사랑은 한 사람을 구한다. 우리가 힘들고 어려울 때 한 사람만 바라보게 된다. 감당하기 힘든 일을 만날 때 나를 사랑하는 사람, 나를 인정하는 사람이 필요한 것이다. 바로 가족의 사랑이다. 여러 해가 지나도 사랑은 시들지 않는다. 지금도 그 사랑은 피어나고 있기 때문이다. 사랑은 모든 상처를 치유하고 회복시켜 준다. 사랑의 줄로 이어져 있다면 그 사랑은 온전한 사랑이다.

채칼 감자 프라이팬
가지런히 준비하고
쪼르륵 가족들
식탁에 앉힌다

감자가 오기까지
농사법 설명 듣고
기도하듯 감자전
기다리는 식구들

남편의 요리는
왜 그리 오래 걸리는지
애타게 기다리는
꿀맛 가득 감자전
– 시 「감자전」 전문

남편이 요리하는 감자전을 기다리는 가족의 모습을 사실
적으로 묘사한 작품이다. 감자전을 기다리는 모습, 생생하
게 표현한다.

기다림은 참으로 아름다운 일이다. 자신에 대한 기다림,
타인에 대한 기다림, 세상의 모든 기다림에는 사랑이 담겨
있다. 무엇인가를 향해 가면서 그것을 그려보며 좋아하는
것이 희망이다. 그 희망에는 기다릴 줄 안다. 감자전을 맛
보면서 즐거워하는 모습, 그 기다림은 지루하지 않다. 누군
가를 그리고 무언가를 만날 희망을 품고 사는 사랑, 희망
을 찾으면 기다림이 즐겁다.

이웃을 행복하게 하는 것은 향수를 뿌리는 것과 같다. 뿌
릴 때 자신에게도 몇 방울 튀기 때문이다. 이는 유대인의
격언이다.

최성자 시인은 내가 행복하기 위해서는 남이 행복해야 한
다는 진리를 알고 있는 듯하다. 나만의 행복이란 존재하지
않는다. 남을 행복하게 하면 내가 행복하다. 자식이 행복하
면 부모가 행복하고 아내가 행복하면 남편이 행복하다.

시인은 그 행복을 그 사랑을 부모님께 배운 듯하다.

무슨 생각에 잠기셨을까
수술 후 섬망 증세 아버지
스치듯 춥다는 말 주워듣고
윗옷 덥석 벗어 어깨에 얹어 주시던

무심결이었을지 몰라
애물단지 딸 챙기던 버릇

그 손길 그 눈길 사무쳐
노을까지 빨갛게 코끝에 내려앉네
- 시 「그 사랑」 전문

아버지의 사랑을 절절하게 표현한 이 시가 가슴에 오래
남는다. 내가 별이 되어 반짝이면서 노래하면 내 노래는
별의 노래가 된다. 내가 사랑이 되어 그 안으로 들어가 노
래하면 내 노래는 사랑의 노래가 되는 것이다.
　사랑은 보이지 않는다. 사랑은 눈으로 볼 수 있거나 손으
로 만져지지 않는다. 그것은 가슴 속에 있기 때문이다. 가
슴 속에 찾아든 사랑은 쉽게 사라지지 않는다. 시를 쓴다
는 것, 내가 그 사물이 되어 그것의 입으로 노래를 부르는
것이다. 그러면 내 안의 참 기쁨, 참 희망을 만날 수 있다.
그 사람 안으로 들어가 그 사람의 입으로 노래하면 그것이
사랑이 되는 것이다. 아버지를 그리워하는 사랑, 어머니를
닮은 사랑. 가족과 함께 하는 사랑, 시인은 그 사랑을 가슴
속에 많이 쌓고 있다. 그런 면에서 시인은 가슴에 사랑의
창고를 크게 지어야 한다. 아름다운 이야기를 많이 채우는